PEUT-ON RIRE DU TOUT ?

35 ans de dessins au *Canard enchaîné*

Conception graphique et réalisation : Adelina Kulmakhanova, adelinaa.eu

ISBN : 978-2-02-148784-8

www.seuil.com

WOŽ NiA K

PEUT-ON RIRE DU TOUT ?

35 ans de dessins au *Canard enchaîné*

Textes de Patryk Ryszard

Mise en page d'Adelina Kulmakhanova

SEUIL

NOUS SOMMES TOUS
DANS LE CANIVEAU,
MAIS CERTAINS
REGARDENT LES ÉTOILES

OSCAR WILDE

Liberté d'expression : le débat.., dessin paru une semaine après l'attaque contre *Charlie Hebdo*, 2015

ON RIRA TOUS AU PARADIS

Le 7 janvier 2015, deux terroristes entrent dans la rédaction de *Charlie Hebdo*…

Ce qui était alors considéré comme acquis par l'immense majorité ne l'est plus tant que ça. Brutalement, la liberté d'expression s'avère avoir un prix…

Jusque-là, Wozniak et Cabu, deux dessinateurs du *Canard enchaîné*, se contentaient de rire des lettres régulièrement grossières que leur envoyaient des lecteurs mécontents de leurs croquis irrévérencieux. Un autre temps.

Quatre ans auparavant, Cabu s'était déjà posé la question en publiant *Peut-on (encore) rire de tout ?*, joyeux brûlot caricatural d'une centaine de pages où l'artiste défendait l'impunité intellectuelle.

Deux semaines après la tragédie, Wozniak lui répond, en dessin évidemment. Et demande : « Peut-on rire du tout ? ». Les restrictions, il les a déjà bien connues lorsque, dans ses jeunes années polonaises, il lutte artistiquement et idéologiquement contre le régime en place. Le combat est rude, menaces et coups bas répondent à ses coups de crayon. Rire est un délit, alors il rit encore plus fort, crée le premier journal satirique local et multiplie les affiches antigouvernementales. Il sera emprisonné puis expulsé de son pays.

Portrait de Cabu, dessin paru dans *Le Monde* et sur le site scorbut.eu, 2002

ALLO ?... CHARLIE... OU ES-TU ?...

↗ Le crayon : arme de destruction massive ?, 2006

← La mobilisation, dessin paru une semaine après l'attaque contre *Charlie Hebdo*, 2015

LE DEJEUNER SUR L'HERBE
REFUSE VISA REFUSE

MIGRANTS : ON PART DANS UN NOYAGE

Ils sont « le bruit et l'odeur » de Chirac, « la misère du monde » de Rocard, « l'invasion » de Giscard d'Estaing, ils sont à peu de chose près la cause de tous nos maux et la dynastie du borgne le plus célèbre de l'espace politique français s'en frotte les mains à défaut, comme au bon vieux temps, de pouvoir couper les leurs.

Les migrants, puisque c'est d'eux qu'il s'agit, sont une obsession française. Un marronnier des joutes politiques et des débats familiaux. C'est aussi l'un des sujets de dispute favoris des accoudés du zinc sur lequel, bien que (trop) souvent matinal, le rouge est toujours roi. Tout le monde a son opinion sur les migrants. Tout le monde a son anecdote, et tout le monde a la solution. Concrètement, tant qu'il y en a, on ne s'ennuie pas, et on a qui pointer du doigt. Le migrant a bon dos, il vole et viole et de toute façon ne comprend pas un traître mot de français.

La France est-elle toujours une terre d'accueil? Oui, mais elle grimace. L'immigration a toujours donné l'illusion de relever d'une nécessité économique, désirée donc, du moins sur le moment… Maintenant elle semble subie. Et l'urgence humanitaire ne représente plus un passe-droit suffisant pour espérer postuler au bon vivre national.

Rappelons sobrement que l'immigration n'est que trop rarement un choix. L'inconscient collectif a, par exemple, longtemps sublimé le rêve américain en l'habillant d'aventures, de gloire, de pouvoir et de pognon. Un cinéma hollywoodien. Un remake édulcoré où le migrant finira par convaincre les quelques réticents qu'il est bien à sa place. La morale est sauve. Mais la production française, elle, ne fait pas recette, engluée dans une réalité plus terne et moins vendeuse. Pas de rêve ici-bas, pas de gloire, pas de pouvoir et encore moins de pognon. Les immigrés en France espèrent une vie simple, libre et sans prétention. Peut-être pas moins, mais assurément pas beaucoup plus.

L'immigration existe depuis toujours, et inlassablement l'histoire se répète. De nouvelles vagues font oublier les anciennes et alimentent l'actualité. Et si Moïse a su voyager au sec, il reste une sacrée exception. Car c'est bien souvent par les mers que les malheureux débarquent, comme un refrain dont on se lasse plus vite qu'il n'y paraît.

Au début des années 1980, les boat people puisent des médias et de l'opinion publique une unanime et

Rwanda - les grands classiques de l'humanitaire, 1994

inédite compassion. Près de 120 000 Vietnamiens et Cambodgiens sont accueillis à bras ouverts. Ils fuient le communisme et les douceurs démocratiques prodiguées par les Khmers rouges. Époque dorée de l'immigration où des embarcations fragiles défiant les mers agitées attisent encore l'empathie des gens. Et de l'aide surtout. Médecins Sans Frontières secourt régulièrement les désemparés des eaux et les amène en France. À mille lieues des missions d'aujourd'hui, où d'interminables tractations dignes d'un véritable sommet international recommencent à chaque barque de fortune interceptée. C'est au chaud, mais bien souvent dans des conditions déplorables que les rescapés attendent des semaines entières, entassés sur des chalutiers d'assistance, avant qu'un État ne se voie obligé de les accueillir avec la promesse, toujours tenue, d'un enfer administratif à venir. On va loin pour sauver des vies en mer, c'est vrai, mais pour les redéposer au plus près du drame, comprenez au plus loin de chez nous. On banalise les drames. L'émotion n'est grande qu'aux premières fois, qu'aux premiers naufrages de masse, qu'aux premiers clichés d'enfants échoués sur les plages. On te sort de l'eau et tu te débrouilles. Tu n'avais qu'à pas t'en tirer finalement…

Ce sont surtout les conflits en tout genre qui poussent à tenter une hospitalité française déjà bien érodée. La guerre du Kosovo conjuguée à la libre circulation européenne accouche de Sangatte, centre d'accueil surpeuplé pour réfugiés de guerre du nord de l'hexagone, et véritable vitrine alléchante pour tous ceux qui hésitaient encore à choisir la France et son égalité des chances. La Rolex ne donne décidément pas l'heure à tout le monde de la même façon. Les migrants éreintés et affamés errent aux alentours du camp et récoltent plus de dégoût que de compassion. Les capacités d'hébergement et de suivi sont en berne. Plus rien ne fait illusion, la misère est vraiment bien installée. Les migrants fuient l'horreur, traversent l'horreur, et finissent par vivre sans honneur en Occident.

← La voix du tiers-monde, 2002

↗ Soudan : ça s'aggrave, 1998

→ Yémen : toutes les 10 minutes un enfant meurt de faim, 2019

L'APPETIT VIENT
EN MARCHANT...
W O Ź N I A K

YEMEN : TOUTES LES 10 MINUTES UN ENFANT MEURT
DE FAIM..
W O Ź N I A K

Macron va restituer le patrimoine africain, 2017

↑ De plus en plus de réfugiés, 2015

↖ Illustration pour la rubrique Cinéma, 2016

→ Pilonnage d'Alep, 2016

PARTIR C'EST MOURIR UN PEU...
RESTER C'EST MOURIR BEAUCOUP...
A
K

↑ La discrimination positive selon Sarkozy, 2008

↗ Alerte, les immigrés aux portes de l'Europe !, 2011

→ Désespoir chez les sans-papiers, 1998

ALERTE, LES IMMIGRES AUX PORTES DE L'EUROPE

DESESPOIR CHEZ LES SANS-PAPIERS

→ Pour échapper à un contrôle un sans-papiers se noie..., 2008

↑ Saga Africa..., 2014

↗ Les sans-papiers gardent espoir jusqu'au bout, 1998

← Illustration d'un article, 2000

↠ Nouveau drame en Méditerranée : 500 migrants portés disparus, 2014

... NOS BATEAUX COULENT PLUS VITE QUE NOS LARMES...
REFUSÉ
VISA
REFUSÉ
A
K

En septembre 2015, l'image du corps du petit garçon syrien noyé dans les eaux turques bouleverse. L'insoutenable réalité des migrants n'a toujours pas de visage, mais a dorénavant une silhouette frêle et fragile. La photographie du petit Aylan trône en Une des journaux du monde entier. Au drame succède l'horreur, lorsqu'on apprend que près de 10 000 enfants manquent à l'appel de ces traversées désespérées. Un seul aura eu les honneurs des gros titres - Aylan...

L'humanité..., 2015

↑ Les sans-papiers resteront-ils sans voix ?, 2002

↗ Migration : le tri, 2017

→ Illustration d'un article, 2011

MÉTRO, BOULOT, MANIF, APÉRO, DODO

La France éclaire le monde par sa culture, Paris est sans conteste considéré comme la plus belle ville du monde, et accessoirement comme capitale de la mode et de la gastronomie.

Notre riche histoire fait des envieux, notre patrimoine littéraire est sans égal, notre système de santé figure parmi les plus généreux, et plus que tout, la planète nous envie ce qu'il resterait de notre savoir-vivre ! Mais dans les faits le nivellement se fait plutôt vers le bas, le citoyen se débrouille comme il peut. La carte postale du raffinement tricolore tient plus du mythe qu'autre chose, le quotidien est plus terre à terre. De la grande gastronomie il ne peut se permettre que la redoutable baguette, et sa variante du jambon-beurre dernier délice à tenir encore debout dans la grande guerre des fast-foods. La mode, elle, n'appartient qu'à une élite, et nos écrits, bien que finalement reconnus comme essentiels, ont doucement laissé place à l'omniprésence de Netflix et de la culture du « tout à portée de main », du tout gratuit et du tout prémâché. Pas ou peu de grands crus non plus, on les exporte massivement certes mais l'amour des Français pour le vin, le fromage et la charcuterie n'est pas feint. De très bonnes bouteilles à petit prix font toujours l'affaire, le pichet est une institution et tant pis si parfois lorsque le bruit du bouchon retentit des effluves vinaigrés viennent nous chatouiller la truffe et le palais. Le bistrot est un lieu de vie indispensable à la culture quotidienne, on estime la

qualité du temps qu'on y a passé, et pas ce qu'on nous y a servi. On y rythme sa journée en prenant le soin de survoler les journaux, débattre de la météo ou du match de la veille, de regarder les gens défiler, avant de s'y retrouver à midi avec les collègues et ces fameux brocs de rouge, d'éterniser le repas en recommandant du pain pour finir le beurre, payer en tickets-restaurants et promettre de s'y retrouver trois heures plus tard… Cela doit être un petit peu ça, ce que tout le monde appelle l'art de vivre à la française.

C'est juste le constat d'une époque. Mais s'il est bien une chose que tous les Français ont su garder de cette vie romancée, c'est l'art de la revendication. De tous les pays progressistes, nous avons la réputation d'être les plus en accord avec nos racines révolutionnaires. Du glamourisé Mai 68 aux marches historiques qui ont suivi les attentats contre *Charlie* et qui ont vu près de quatre millions de Français arpenter le pavé, et des lendemains de premier tour de l'élection présidentielle en 2002 pour barrer la route à l'extrême droite. La manif, c'est presque un métier ! Pas question de toucher aux privilèges rudement acquis, à la retraite, pas question non plus de constater la baisse de son pouvoir d'achat sans rouspéter. Fin 2018, la hausse du prix des carburants automobiles provoque la mobilisation spontanée de milliers de Français. Au subtil jeu du sablier monétaire, les inégalités continuent de pencher en défaveur des plus modestes. Les dépenses augmentent, et le Caddie s'allège, pour beaucoup le grand luxe se résume à ne pouvoir acheter que l'essentiel. Des semaines durant, le mouvement de ces citoyens les moins fortunés, les « sans-dents » comme les appellerait l'ancien président Hollande en privé, bloque routes, péages, ronds-points et avenues dans tout l'Hexagone. Résilients, les Gilets jaunes bloquent le pays et soufflent sur des braises que l'État peine à éteindre. Il faudra une pandémie mondiale, et un confinement, rien que ça, pour mettre le mouvement entre parenthèses.

Les vacances parmi les plus généreuses au monde, six semaines avec les jours fériés, loin très loin devant le Japon par exemple avec sa pauvre semaine annuelle, sacro-sainte institution dont on ne peut évoquer l'idée même d'une réforme sous réserve d'une véritable fronde nationale. Beaucoup de gens ne vivent que pour elles, orientent leur année autour d'elles, et s'arrêtent souvent de travailler à l'approche du début. Combien de « Je pars en vacances la semaine prochaine, on voit ça à mon retour si tu veux bien… » et de « Je viens à peine de rentrer, laisse-moi me remettre du retour, je suis trop déprimé » ? Les prochaines ne sont que dans six mois, et ça fait mal. Aucun autre pays n'a ce rapport privilégié avec ce moment de détente. Les routes inévitablement bondées chaque année à la même période. L'un des symptômes les plus spectaculaires de cet exode, Paris, devient probablement la seule capitale d'importance à totalement se déserter de ses habitants. Les mois d'août à Paris ont toujours eu cette magie du vide : pas une boulangerie ouverte à des centaines de mètres à la ronde, des avenues pour soi tout seul, des musées étrangement essorés de tout touriste, d'inédits tête-à-tête possibles avec *La Joconde*. Le temps s'arrête, reprend une respiration avant la frénétique routine de la rentrée.

← Illustration pour la rubrique Cinéma, 1999

→ Illustration pour la rubrique Cinéma, 1998

Le XV de France : déception, 1999

↑ Magie du foot, 2012

→ Illustration d'un article, 2005

↑ Vacances : les Français ont le moral dans les chaussettes..., 2014

↗ Illustration d'un article, 1991

La foule des grands jours, 2016

Illustration pour la rubrique Cinéma, 1999

↑ Vive les vacances !!!, 2013

→ Ils vont pas gâcher nos vacances !, 2005

↑ Au bar La Piscine cela devient habituel, 2000

→ Hausse des prix, 2008

Visitez la Grèce, 2015

Les femmes publiques en grève aussi..., 2005

Illustration d'un article, 2017

← Le retour à la vie réelle, 2016

→→ Encore une réforme des retraites..., 2003

ENCORE UNE REFORME DES RETRAITES...

IL Y A UNE FACTURE ENTRE GÉNÉRATIONS.
A
K.

Charles Trenet s'est éteint le 19 février 2001, un lundi, jour de bouclage du *Canard enchaîné*. Cabu, qui était un grand admirateur, était très triste ce jour-là. Il se reconnaissait bien dans ces chansons pleines de candeur et d'optimisme. « J'espère que tu vas dessiner quelque chose quand même ! » Mais n'étant pas du tout sensible au chanteur, je me retrouve bien embêté. Cabu s'amuse alors à me murmurer les refrains du Fou chantant, et l'inspiration vint enfin. Ce n'est pas l'homme qu'il me fallait croquer, mais ses paroles qu'il me fallait illustrer et qui collaient parfaitement à l'actualité hebdomadaire...

Longtemps, longtemps, longtemps, après que le poète a disparu..., 2001

Prostitution : vers la punition des clients, 2013

Mariage pour tous, ou presque..., 2013

→ Mariage pour tous ou presque, 2013

↘ *Les Dossiers du Canard*, 2016

RELIGIONS : BÉNIE SOIT LA LAÏCITÉ

JESUS NE SAIT PAS NAGER!
RELIGIONS

L'enfer est, on le sait, pavé de bonnes intentions.

Depuis ses prémices, dès la Révolution, à ce qui constitue aujourd'hui l'un des fondements de la république, la laïcité emprunte une voie qui ressemble à un chemin de croix sinueux bordé d'incompréhensions. Au départ, l'intention est bonne: séparer la société civile de la société religieuse et empêcher l'influence de l'une sur l'autre. Garantir, selon la définition officielle « aux croyants et aux non-croyants le même droit à la liberté d'expression de leurs croyances ou convictions ». Bien des nations en ont tiré quelques habitudes arrangeantes, mais la France s'en est autoproclamée porte-drapeau, et, des pays les plus puissants, il est le seul à l'avoir inscrite dans sa Constitution. Et c'est là que l'enfer commence: passer au rang de république un pays dont la religion a marqué une grande partie de son histoire est bien plus difficile qu'il n'y paraît, surtout qu'au-delà de son passé, la France est devenue un pays aux cultures et aux croyances multiples. Le culte a horreur du vide, sa pratique doit être visible et avenante pour continuer d'exister. L'espace libre créé par l'application rigoureuse de la

laïcité est naturellement convoité. Et si la France a réussi à intégrer le judaïsme et le christianisme, elle peine considérablement à en faire de même avec l'islam, ses adeptes s'estimant lésés dans leur pratique.

Symbole du flou régnant autour des lois laïques, le port du voile enflamme les débats depuis le début des années 1990. À chaque nouvel incident, ses nouvelles interprétations, ses nouvelles offuscations et ses nouveaux réajustements juridiques. L'affaire du foulard, quand pour la première fois un établissement scolaire refuse l'entrée à des élèves portant des signes religieux ostentatoires, et, plus généralement, la place accordée à ladite étoffe dans les lieux publics, l'affaire du burkini, celle de l'« hijab sportif »… Chaque centimètre de tissu compte. Un climat de tension permanente qui ne fait que renforcer le sentiment de persécution ressenti par les musulmans de France.

Ces situations posent avant tout le problème de la tolérance à la foi musulmane, principale concernée dans ces restrictions. Le phénomène est d'autant plus épineux qu'une nouvelle génération de croyants voit le jour. Une relève à l'indignation facile, encore plus désœuvrée par le chômage et les problèmes sociétaux et qui trouve dans ces débats une raison de plus de se consterner.

Un mal-être palpable qu'exploitent les « têtes pensantes » d'un islam rigoriste et guerrier mettant tout en œuvre pour endoctriner les âmes déçues par ces temps modernes.

Le 11 septembre 2001, un voile d'horreur recouvre le monde et entache l'aura d'une religion qui n'en avait pas besoin. C'est le début d'une interprétation perverse des lois coraniques de quelques brebis égarées. Une lutte sanglante et médiatique éclate au grand jour. On assiste à un déferlement de violence. Le seuil de l'insoutenable et de l'ignoble est sans cesse repoussé : les tours jumelles tombent à New York, des otages dont la vie était jusqu'alors sauve puisque monétisée ont la tête tranchée en direct sur les chaînes de streaming. On peut toujours faire pire. Cette surenchère dans l'abomination mène à l'exécution des journalistes de *Charlie Hebdo* le matin du 7 janvier 2015 et à l'assaut de l'Hyper Cacher, à celui des terrasses, du Bataclan et de Nice jusqu'à l'assassinat en 2020 de Samuel Paty, professeur d'histoire et de géographie pourtant sans histoires… Le profil des assaillants est toujours le même, celui d'une jeunesse qui se sent méprisée et ne connaît du Coran que quelques lignes mal interprétées. Le désespoir demeure le meilleur terreau pour le fanatisme. Et si guerre il y a vraiment, elle est plus sale que sainte.

En termes de déviances, les catholiques ne sont pas en reste et semblent appliquer l'un des commandements sacrés du marketing : mieux vaut une mauvaise publicité que pas de publicité du tout ! Et comme une rock star en mal de succès qui multiplie les excès pour continuer d'exister, l'Église a le mérite d'avoir toujours su faire parler d'elle. Le nombre de scandales sexuels a littéralement explosé ces dernières années : viols, pédophilie, attouchements sous contrainte morale… Hommes, femmes ou enfants, personne n'est à l'abri dans la maison du Seigneur. Il y a donc bien une vie sous les soutanes ! Les serviteurs de Dieu sont désormais plus connus pour leurs appétits charnels que pour leur piété. Ce que l'on pensait naïvement être des cas isolés ou des légendes rurales exclusivement réservées à des villages reclus se révèle par vagues de témoignages aux yeux du monde. L'embarras est palpable du côté des hautes autorités catholiques, qui, à défaut d'être complices, ont longtemps péché par leur silence complaisant. Ajoutez à cela une homophobie archaïque et une position toujours aussi ferme contre l'utilisation du préservatif, la cote de popularité du Vatican est au plus bas et il peine à éteindre les incendies médiatiques qu'il a lui-même allumés. C'est tout sauf un hasard si le petit État niché au cœur de Rome a dernièrement dégainé deux de ses meilleurs VRP, le Polonais Jean-Paul II et l'Argentin François, les deux papes les plus cools de l'histoire: de ceux qui twittent, tutoient et caressent même quelques idées vaguement progressistes. De véritables communicants qui savent pertinemment que si l'on parle d'eux, on parle moins du reste…

↖ Illustration pour la rubrique Théâtre, 2020

→ *Les Dossiers du Canard*, 2016

↑ Avis à la population, 1998

→ *Les Dossiers du Canard*, 2017

↑ Vatican : pas d'homosexuels au sein de l'Église, 2014

← *Les Dossiers du Canard*, 2018

↑ Pédophilie : malaise au sein de l'Église, 2018

→ L'Église monte au front, 2012

HARCELEMENT : LA PAROLE SE LIBERE...

↑ Pédophilie : une enquête approfondie au Vatican, 2017

↖ Harcèlement : la parole se libère..., 2019

→ *Les Dossiers du Canard*, 2002

↑ Colombe de la paix suivie de près par un colon de la paix, 1994

↗ Illustration pour la rubrique Cinéma, 2000

→ Illustration pour la rubrique Cinéma, 2012

WOŹNIAK

↖ Daech rançonne les chrétiens en Libye, 2015

↓ Nigeria : le temps passe !, 2014

↑ Burqa : le dessous d'un débat, 2008

↗ Émancipation accélérée au cours de la manif pour le voile, 2004

↘ Illustration d'un article, 2005

↑ L'Afghanistan : les écoles s'ouvrent..., 2002

→ Daech, 2014

Daech diminue les salaires des terroristes, 2016

← Illustration d'un article, 2020

↓ Cours civique : l'obscurantisme, 2020
Dessin inédit, après la mort de Samuel Paty

↑ Irak : on marchande, 2004

→ Liberté d'expression, 2020

AH, QUE LA GUERRE EST POLIE...

Les guerres sont toujours une histoire de frontières qu'on repousse, de convoitises, de jalousie, de vengeance, de pouvoir, et même d'amour parfois. Toutes ces petites choses qui font de nous ce que nous sommes. Ajoutons à cela qu'aux quatre coins du globe nous cultivons dès le berceau cet esprit combatif et taquin qui finit toujours par nous convaincre de sauter le pas. On joue aux cow-boys et aux Indiens, ou aux G.I. Joe's. Et si le petit dernier avait le malheur de s'approcher d'une poupée, c'est soulagé qu'on le verra finir par tirer au pistolet en plastique. Ou à balles réelles, selon que l'on a été élevé ou non dans un ranch texan! Autant dire qu'on est mal barrés. Partant de ce constat, Jan Bloch, antimilitariste convaincu et nominé au prix Nobel de la paix 1901, s'était amusé à calculer qu'entre 1496 avant J.-C. et 1861, soit sur une période de 3 357 ans, le monde n'avait connu que 227 années de paix… Et ces 35 dernières années ne font certainement pas exception.

Point d'orgue de cette démonstration, le 9 octobre 2009, Barack Obama, tout récent président des États-Unis reçoit le prix Nobel de la paix. Bien que profondément pacifiste, son administration est alors enlisée dans deux conflits simultanés en Irak et en Afghanistan. On parle de nouveau Vietnam, de bourbier. Mais le comité suédois salue « ses efforts extraordinaires en faveur du renforcement de la diplomatie et de la coopération internationale entre les peuples ».

Un prix comme un bon point à l'école ou une bonne tape sur l'épaule. Paradoxe du monde moderne, à cet instant précis, on récompense le chef des armées du drapeau étoilé, et accessoirement gardien de la prestigieuse prison de Guantánamo, où la Convention de Genève et les droits des détenus n'ont visiblement pas réussi à contourner l'implacable embargo régnant sur l'archipel.

Les États-Unis envoient leurs troupes deux fois au Moyen-Orient en l'espace d'une décennie. 1990, l'Irak envahit le Koweït sous un prétexte frauduleux teinté de pétrodollars et provoque la réaction immédiate du président Bush, qui embrigade une coalition de trente-cinq pays dans une action de réprimande sous les caméras du monde entier. Fasciné par l'objet télévisuel, le public est suffisamment près pour apprécier le spectacle mais pas assez pour sentir l'odeur de l'horreur. Le show est expéditif, en quelques mois à peine l'Irak est contraint d'accepter un cessez-le-feu. Une victoire au goût amer, une fin bâclée. Une suite est inévitable. Non seulement Saddam Hussein reste en place mais l'équilibre politique d'une région déjà instable se fragilise encore plus.

En 2003, l'histoire prend une tournure hollywoodienne, freudienne même. En réponse aux attentats du 11 Septembre, le fiston Bush, entre-temps élu, chasse le terroriste dans les montagnes

Gaza : l'horreur, 2000

LES BALLES NE SONT PAS PERDUES POUR TOUT LE MONDE
W O Z N I A K

d'Afghanistan depuis plus d'un an déjà avec une réussite toute relative. Le pays est pilonné sans relâche, les boys débarquent par milliers et fouillent jusqu'au plus petit trou de souris, arrosent aussi bien les indics que les opposants présumés. Ben Laden et ses compagnons de jeu de cartes courent toujours. Est-ce pour détourner l'attention ? Est-ce la proximité ? Ou tout simplement l'envie de faire un joli cadeau au paternel ? Certains tuent le père, et d'autres tuent pour lui. Doubleyou se souvient qu'il est en croisade contre « l'Axe du mal », prétexte un salvateur élan biblique, accuse l'Irak de développer des armes de destruction massive et envoie Colin Powell, son chef d'état-major des armées mériter son Oscar en agitant une fiole d'anthrax devant l'ONU. L'Irak est envahi, son régime renversé, et son dictateur pendu. Aucune trace d'une quelconque technologie nucléaire ne sera jamais trouvée sur place.

Autre zone de conflits majeurs, les Balkans, véritable poudrière selon l'expression consacrée. De 1991 à 2001, les Slaves s'entretuent dans l'indifférence quasi générale. Une crise qui résulte d'un savant mélange de nations trop jeunes en mal de passé commun et assoiffées de pouvoirs et de territoires, avant tout privées d'une dictatoriale Yougoslavie maintenant un semblant d'ordre. Pendant plus de dix ans ces pays ont rivalisé d'atroces exactions. Tout le manuel de l'horreur y passe : crimes de guerre, crimes contre l'humanité, génocides, tortures, vols, viols, enlèvements, internements, ou encore exécutions. Un festival qui n'aura pas su trouver son public, ni captiver les foules.

Le conflit a cessé aussi discrètement qu'il était apparu, encore une fois dans l'indifférence quasi générale.

Les véritables victimes finalement, sont celles dont on parle le moins, les enfants. On compte facilement les morts, mais il est plus difficile de chiffrer la souffrance de jeunes âmes qui à l'aube de la vie n'ont déjà plus d'avenir. Souvent seuls face au chaos qui les entoure et qu'ils ne comprennent pas. En France, on les appelle les pupilles de la nation, ailleurs, on ne les appelle pas, on daigne à peine les recenser… La guerre est un jeu d'adultes.

C'EST ÇA OU LE CHAOS !...
V O Ž N I A K

↑ Quel avenir pour Gaza ?, 2014

→ Illustration d'un article, 2016

Syrie : l'horreur en permanence, 2013

↑ Syrie : il y a un espoir..., 2012

→ Syrie : l'horreur continue, 2012

⇉ Libye : les bavures de l'Otan continuent..., 2011

NE VOUS SENTEZ PAS TROP VISES ...
W OŹ NI A K

GAZA...
D'ABORD DENT POUR DENT, ENSUITE ŒIL POUR ŒIL ET MAINTENANT TOUT LE MONDE PERD LA TETE..
WOŹNIAK

Gaza, 2001

Proche-Orient : la paix s'éloigne, 2001

Proche-Orient : la paix à la sauce américaine ?, 1991

VIEILLE BOSNIAQUE ESSAYANT DE PASSER POUR UNE ESPECE RARE...
W O Z N I A K

Vieille Bosniaque essayant de passer pour une espèce rare..., 1992

Kosovo : l'Otan surveille et menace, 1998

Yougoslavie : guerre sale !, 1991

Serbie : lettre du front, 1992

Irak : l'écrasement des Kurdes, 1991

Irak : le dialogue, 2002

Guantánamo : grève de la faim, 2005

Libye : l'horreur est de retour, 2014

← Syrie : l'horreur des armes chimiques, 2013

↓ Tragédie tunisienne, 2011

PLONGÉE DANS LES ABYSSES DE LA FINANCE

« En France, on n'a pas de pétrole, mais on a des idées. »
La célèbre publicité post-récession pétrolière des années 1970 sentait bon l'optimisme patriotique à tout-va. Pour les uns, une boutade qu'on lance lorsque les mauvaises nouvelles s'accumulent. Pour les autres, plus réalistes, une cécité temporaire et volontaire pour cacher un inévitable déclin monétaire. Le slogan a longtemps servi de credo cache-misère aux dirigeants qui promettaient un avenir meilleur aux gens sans le sou. Manger son pain noir jusqu'à finir par en apprécier le goût. Plus encore que les chiffres, et les statistiques que l'on peut habilement faire mentir, fions-nous à nos yeux et à notre ressenti. Jamais les rues n'avaient connu autant de locataires d'infortune, de familles entières sans toit, sans ressources, de personnes fouillant les poubelles ou encore d'enfants aux mains tendues. Les villes regorgent de malheureux qu'on ne peut plus cacher. Les soupirs des bouches du métro parisien n'ont jamais dévoilé les guibolles d'une Marilyn de passage, ils se contentent de souffler de l'air chaud sur des sans-abri en hypothermie. Rien de bien sexy par ici, la misère ne fait pas vendre. Circulez, y'a rien à voir et tout à cacher…

Le mobilier urbain évolue, s'adapte à ses nouveaux habitants de disgrâce et apporte une réponse à ceux qui doutaient encore du fait que la misère dérange. Les bancs publics et les sièges dans les transports se voient scinder par d'incommodantes barres métalliques, un peu pour accompagner une esthétique plus moderne, mais surtout pour bien éviter que des miséreux en fassent un lit de fortune. Des piquets se dressent dorénavant sous de nombreux porches parisiens pour les mêmes raisons.

Le monde bipolaire tant redouté par les prophètes du malheur économique prend forme. La classe moyenne disparaît peu à peu. Cet entre-deux de nature si discrète, qui a pourtant longtemps fait la bonne santé pécuniaire du pays, se meurt. Soit on devient très aisé, soit le malaise l'emporte.
La crise financière de 2008 met en lumière le phénomène. Le matin du

Illustration d'un article, 2018

Plongée dans les abysses de la finance, 2008

15 septembre de la même année, Lehman Brothers, banque parmi les plus puissantes, baisse le rideau et annonce sa faillite. Une nuit entière à tenter un impossible rachat n'aura pas suffi. Le château de cartes s'écroule et Washington détourne le regard devant l'ampleur du désastre. Le monde entier se réveille avec une colossale gueule de bois sans avoir jamais eu les moyens de participer à la fête. Les banques spéculent, et les plus modestes trinquent. Le prix du rêve américain s'avère trop élevé pour des centaines de milliers de foyers qui n'apprennent que trop tard qu'ils vivent au-dessus de leurs moyens. L'onde de choc est planétaire. Chute du prix de l'immobilier, familles expulsées, chômage, restrictions de retraits aux distributeurs, entreprises et même pays en faillite comme la Grèce ou l'Ukraine, les scènes d'apocalypse financière ne manquent pas. Qui dit encore qu'on ne prête qu'aux riches ?…

Parler d'argent et des inégalités qu'il engendre est toujours un exercice compliqué. Difficile par exemple de ne pas flirter avec la démagogie lorsque princes ou autres émirs du Moyen-Orient ont le bon goût d'investir massivement dans le pays des droits de l'homme, sans jamais en avoir pris connaissance. Plus de doutes, l'argent n'a ni odeur, ni morale. Rachats d'immeubles, du patrimoine, de plages, de terrains et d'équipes sportives. Tout s'acquiert à coups de liasses de pétrodollars. L'argent et le pouvoir vont toujours de pair, mais n'ont jamais fait bon ménage. De l'autre côté du miroir, on n'est jamais assez riche, jamais assez puissant. La France d'en bas assiste au jeu des nantis.

Est-ce vraiment un hasard si les plus grands scandales politiques français de ces trente-cinq dernières années sont d'une façon ou d'une autre intimement liés à l'ivresse abyssale du pognon ?
Dominique Strauss-Kahn, ancien ministre de l'Économie et des Finances plongé dans une affaire de mœurs, Jérôme Cahuzac, ancien ministre délégué chargé du Budget, jurant, dans une formule qui lui appartient désormais, « les yeux dans les yeux » n'avoir aucun compte caché en Suisse. Éric Woerth, ministre du Budget, soupçonné d'essorer la riche shampouineuse Bettencourt; et bien entendu Nicolas Sarkozy, éphémère ministre du Budget et futur président, empêtré dans bon nombre d'affaires…

↑ Illustration d'un article, 2001

→ Illustration d'un article, 2017

LE FROID TUE A PETIT FEU...

1994 POUR LES PLUS DEMUNIS : AMELIORATION
WOZNIAK

AU DEBUT J'AI TRAVAILLE POUR L'ARGENT, ENSUITE L'ARGENT A TRAVAILLE POUR MOI, DESORMAIS C'EST CHACUN POUR SOI
WOZNIAK

↑ Alerte : les centres d'hébergement déjà complets, 2012

← Pour les plus démunis : amélioration, 1994

← Illustration d'un article, 2008

De nombreuses familles n'arrivent plus à se nourrir correctement, 2010

Illustration d'un article, 2014

Illustration d'un article, 2015

Illustration d'un article, 2008

100
100
WOŹNIAK

POURQUOI C'EST TOUJOURS LES RICHES QUI PAYENT?
WOŹNIAK

↖ *Les Dossiers du Canard*, 2016

← *Les Dossiers du Canard*, 2016

↑ *Les Dossiers du Canard*, 2016

ON JETTE L'ARGENT PAR LA FENETRE, IL REVIENT PAR LA PORTE
W O Ź N I A K

↑ *Les Dossiers du Canard*, 2016

→ *Les Dossiers du Canard*, 2016

← Pas de panique, on recapitalise..., 1999

↑ Encore un mauvais résultat pour Le Crédit Lyonnais, 1994

→ Attention : les capitaux étrangers arrivent !, 2014

Un couple de chômeurs se suicide, 1988

Société Générale : quelqu'un m'a dit..., 2008

L'EXPLOSION DU CHOMAGE N'EST TOUJOURS PAS REVENDIQUEE
WOŹNIAK

↑ *Les Dossiers du Canard*, 2016

↗ Illustration d'un article, 2013

← Social : très, très mauvais chiffres, 2004

MADAME BETTENCOURT ARROSANT LES PLANTES
WOŹNIAK

LE REVE AMERICAIN
ON VA ACHETER L'EUROPE A LA DECOUPE
WOŹNIAK

↑ *Les Dossiers du Canard*, 2018

→ Illustration d'un article, 2021

↖ La sécheresse vue de Neuilly :
Mme Bettencourt arrosant les plantes, 2011

← Le rêve américain, 2005

LE CHANGEMENT CLIMATIQUE TIK, TAK, TIK…

« Notre maison brûle et nous regardons ailleurs » est un peu le « I have a dream » écolo.
La force des mots gravés dans l'histoire et qui devraient servir de point de départ à l'évolution des mœurs. Chirac les prononce en septembre 2002 lors du IVe sommet de la Terre à Johannesburg. Il interpelle alors les dirigeants réunis sous l'égide de l'ONU sur la nécessité de faire face au changement climatique. Le discours dans son intégralité est un chef-d'œuvre de prise de conscience. Mais tout comme le doux rêve du pasteur d'Atlanta, l'envolée lyrique du président français fait pschitt. Les banlieues américaines s'embrasent toujours face aux injustices raciales, et si notre maison continue de brûler, cette fois-ci nous la regardons se consumer. « Nous ne pourrons pas dire que nous ne savions pas ! » prévient Chirac, comme un père houspillant ses enfants. Sauf que les enfants, c'est bien connu, n'écoutent que trop rarement leurs parents…

Il faut dire que jusqu'à la fin des années 1980 l'atmosphère est plutôt favorable à l'ultra-consommateur. C'est l'avènement du plastique, de ses couverts, de ses gobelets et de ses emballages multiples. L'écologie s'apparente plus à une matière scolaire de seconde zone qu'à un véritable élan partisan. Le militant environnemental est perçu comme un hurluberlu inoffensif doté d'un sérieux excès de temps libre couplé d'un terrible manque d'imagination pour l'occuper. Pas beaucoup mieux pour le mouvement politique, coincé entre l'utopie et la réalité diplomatique. Jamais vraiment convaincant, ni même jamais vraiment politique. Pas une seule seconde on ne l'envisage comme un conducteur potentiel, ni même comme un passager avant, mais plus comme l'auto-stoppeur un peu fantasque qui nous fera gaillardement passer les heures de route à l'arrière avec d'improbables histoires de nature en péril.

Mais une succession de coups de chaud vient réveiller le grand public qui découvre innocemment que la main de l'homme abîme. Le scénario du pire survient en 1986. Le réacteur numéro 4 de la centrale nucléaire de Tchernobyl explose dans le lointain bloc soviétique. Pas assez loin de toute évidence puisque le nuage radioactif ne s'arrête pas miraculeusement aux frontières françaises, comme cela avait été suggéré par les médias et par un gouvernement des plus discrets. Ce dernier minimise et évoque presque une simple fantaisie bolchevique. On finit par se douter, en voyant nos voisins s'agiter, que tout ne tourne pas rond. On s'écharpe des semaines durant pour savoir si oui ou non le dangereux cumulus avait bien traversé le pays alors que le coupable avait déjà survolé nos terres depuis bien longtemps, avec

Lève-toi et marche, 1998

des conséquences sanitaires désastreuses dont on ne cesse de découvrir l'ampleur. Cancers, migraines, malformations et autres joyeusetés accompagnaient ce petit vent de tendresse atomique. Tchernobyl reste à ce jour la référence en matière de catastrophe écologique.

L'année suivante, les scientifiques révèlent la découverte de trous dans la couche d'ozone. Les chercheurs ne laissent aucune place à l'imagination. Cette protection est indispensable à la vie sur Terre, elle bloque les dangereux rayons ultraviolets émis par le Soleil. La panique est réelle, dans la foulée est organisé un sommet environnemental à Montréal. Les dirigeants de près des cinquante pays les plus puissants signent dans l'urgence un traité garantissant momentanément l'interdiction des gaz responsables de la brèche atmosphérique.

Ce sera l'une des rares fois, hors période de guerre, où une rencontre internationale de grande ampleur accouchera d'autre chose que d'effets d'annonce et de plans ambitieux qui ne verront jamais le jour. Il y a eu des dizaines de sommets depuis, mais des promesses tenues, beaucoup moins. En 1989, le *Time* couronne même « La Terre en danger » personnalité de l'année.

Difficile de quantifier précisément les dégâts et impossible de compter les morts directement reliés au mal de Terre. Il est sans doute là le plus grand défi des militants, parvenir à convaincre de s'attaquer à un ennemi invisible, impalpable. Un tsunami comme celui de 2004 dans l'océan Indien permet de réparer l'oubli lorsque deux cent cinquante mille personnes disparaissent le lendemain de Noël. Un désastre humain et environnemental, des milliers de tonnes de déchets se déversent dans les eaux et polluent la faune et la flore de façon irréversible. Dix ans plus tard, une autre vague de quinze mètres déferle sur le Japon et provoque l'explosion de réacteurs dans la centrale nucléaire de Fukushima. Une fois encore, les dommages sont colossaux. Imaginez un Tchernobyl combiné à la puissance de propagation des eaux.

Difficile aussi d'échapper à la dure réalité du changement climatique. « Il n'y a plus de saisons ! », jamais cette vieille rengaine n'aura été aussi vraie. Canicules, sécheresse, tempêtes et ouragans se multiplient anormalement vite. La fonte des glaces, symbole de ce réchauffement, nous offre, elle, le spectacle glaçant d'ours polaires errant toutes côtes apparentes sur des surfaces de plus en plus restreintes.

Illustration pour la rubrique Conflit, 2013

IL Y A UN TROU DANS LE TROU D'OZONE!

← L'effet de serre : alerte maximale, 2000

↑ L'obligation de résultat, 2015

↑ Climat : le gouvernement mise sur la recherche..., 2019

← Écologie : Trump annule les mesures d'Obama, 2019

→ Tchernobyl bientôt au patrimoine mondial de l'Unesco ?, 2020

→ Le Japon en appelle à l'aide internationale, 2011

TIK - TAK - TIK
CLIMAT

I
A
K

↑ La réforme de l'indemnisation chômage, 2016

→ Alaska : la marée noire, 2004

↑ Fukushima : faut-il avoir peur ?, 2011

→→ Bruxelles : la PAC (Politique agricole commune) menace, 1999

W o Z N I

CHACUN DEFEND SON BIFTECK !!
A
K

↗ *Les Dossiers du Canard*, 2018

→ Biden à la Maison-Blanche - un espoir climatique ?, 2021

Le climat : le scénario catastrophe se précise, 2015

MONSANTO

LE VER EST DANS LE FRUIT

C'est l'histoire d'une véritable nébuleuse du crime écologique, d'un industriel à la morale aussi basse qu'un méchant de James Bond mal écrit. Monsanto commet ses méfaits en plein jour, aux yeux de tous, et on ne fait rien, ou si peu. Ceux qui n'ont pas la main verte, ne connaissent peut-être le géant de l'industrie agrochimique qu'à travers la publicité sur le produit phare de la compagnie, Round Up le désherbant qui « n'abîme ni la terre, ni l'os de Médor ». Et si les chiens ne se sont jamais plaints, leurs maîtres ont très rapidement fait le lien entre une santé chancelante, l'apparition de cellules cancéreuses et l'utilisation des produits de la firme. Les procès s'enchaînent inlassablement. L'enjeu est de taille puisque Round Up et son composant principal le glyphosate représentent pas moins de 25% de la consommation mondiale de pesticides.

Il faut dire que Monsanto n'en est pas à son premier scandale sanitaire. Il est même à l'origine de l'un des premiers en la matière. Le ver est dans le fruit depuis le début. En 1947, l'explosion accidentelle d'une usine de plastique de la marque fait 500 morts à Texas City. Deux ans plus tard, une nouvelle explosion à Nitro (ça ne s'invente pas) provoque près de 200 maladies graves de la peau parmi les ouvriers et révèle la dangerosité de leur premier pesticide, qui sera tout de même commercialisé pendant encore des décennies. En 2002, le groupe est condamné à verser 700 millions de dommages à la ville d'Anniston aux États-Unis, pour considérer l'un des quartier noirs de la ville comme décharge à ciel ouvert pendant plus de quarante ans. Le genre de pratique que la société agrochimique exercerait aux quatre coins du globe.

Et si le groupe pharmaceutique allemand Bayer, rachète le semencier en 2018 pour quelque 63 milliards de dollars, c'est en toute connaissance de cause, et en assumant tous les risques judiciaires. Depuis plus d'un siècle, la marque est soupçonnée de négligences, d'empoisonnements, de falsifications de rapports sanitaires, de pressions gouvernementales, de publicités mensongères, et de lobbying agressifs. Et malgré les procès passés, ceux en cours, et ceux, inévitables à venir, le seul véritable développement durable est le leur. Monsanto vend des pesticides et les OGM qui permettent de leur résister. Les milliards de dollars de pénalités pleuvent mais ne font pas d'ombre au géant tentaculaire. Les bénéfices sont bien plus grands que les pénalités.

Illustration pour la rubrique Conflit, 2011

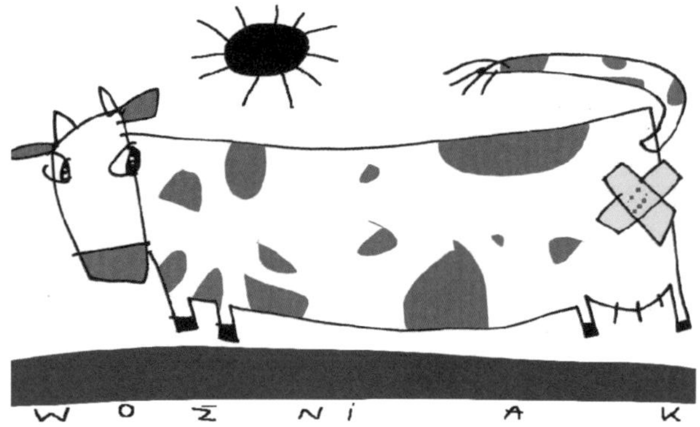

Illustrations pour la rubrique Conflit

La conférence sur le climat en crise, 2008

Prostitution : l'écotaxe pour les clients fera l'affaire ?, 2013

FEMMES AU BORD DE
LA CRISE DE NERFS
W O Ź N I

A
K

Il fut un temps, pas si lointain, où l'on pouvait regarder la télévision et voir des femmes dévêtues se trémousser et littéralement aboyer dans un esprit canin et cabot, où les blagues racistes étaient drôles.

Un temps où sur les plateaux de débats, au-dessus d'un épais nuage de fumée de cigarettes et des vapeurs d'alcool entre deux bons mots, s'échappaient des propos sexistes, homophobes et parfois même pédophiles. Un temps où le droit de cuissage professionnel était plus que tacitement admis, affublé d'un surnom qu'un Audiard ne renierait pas, « la promotion canapé ». C'était il y a quelques années à peine, la bonne vieille époque des pervers qui s'ignoraient, des gros lourds qui s'assumaient, des indélicats du quotidien, une période où l'on pouvait « encore tout dire » en opposition à la célèbre rengaine du déni d'aujourd'hui. Il faut pouvoir être en paix avec le fait que nous l'avons tous plus ou moins toléré, que nous nous sommes cachés derrière ce sang chaud qui nous caractérise. Il est toujours plus facile de juger le comportement d'une génération passée. Mais le virage pris est tellement serré que nous nous retrouvons simultanément dans la position du juge et de l'accusé. Coupables de passivité, coupables de silence, coupables d'ego et coupables d'en rire.

Elles ont bien tenté de nous réveiller, mais on ne voulait pas les entendre. Nous n'y étions pas encore obligés. « Ni putes, ni soumises » ou les « chiennes de garde », les associations se multiplient mais elles sont trop criardes pour exister, trop revendicatrices pour être prises au sérieux. Les Femen venues d'Ukraine réalisent bien quelques opérations coups de poing, elles apportent une dimension visuelle et médiatique. Des pétards mouillés puisque, contrairement à l'autre côté de l'Atlantique, la nudité ne déchaîne pas les passions ici. Vues donc, mais toujours pas entendues. Il faut user de symboles pour rendre un combat pérenne. Un acte fort ou un événement qui permet à la véritable histoire de commencer. Parfois c'est un mur qui tombe comme à Berlin en 1989, ou une bavure raciale de trop comme à Minneapolis en 2020, et parfois c'est une affaire de mœurs suivie d'un simple hashtag qui peuvent bouleverser le monde.

Le 5 octobre 2017, le *New York Times* publie une longue enquête sur le comportement sexuel d'Harvey Weinstein, l'un des producteurs de cinéma les plus puissants au monde. Ce dernier a la réputation de pouvoir faire et défaire les carrières, mais pas seulement. Cinq jours plus tard, le *New Yorker* enfonce le clou avec une pléiade de témoignages accablant le magnat de l'industrie du rêve. Les trois journalistes reçoivent le Pulitzer dans la catégorie « journalisme de service public », une prestigieuse récompense pour des révélations qui n'en sont pas tant que ça. Les prémices de l'investigation remonteraient déjà à 2005, mais dans un monde où les secrets n'existent pas, ils se monnayent. Entendre chacun y aller de sa petite anecdote concernant le prédateur est bien plus déroutant qu'il n'y paraît. Tout un système est concerné, une véritable omerta mise en place pour acheter le silence et la complaisance. Toute une économie qui avait fait de l'art oratoire son plus bel atout était en fait réduite au cinéma muet. Plus que jamais le silence est d'or, et le silence coupable appelle l'Oscar. L'Amérique peut partir en guerre aux quatre coins du globe sans sourciller, vendre des armes à tous les anciens détenus du coin, mais la puritaine explose littéralement au moindre sein dévoilé, alors ce scandale-là, elle ne le laisse pas passer. Le producteur est foudroyé sur place, condamné aussi bien

⟵ Pas de femmes dans l'Église, 1994

médiatiquement que professionnellement, et enfin juridiquement : il écopera de trente ans. Ce qui est relativement peu dans un pays qui aime spectaculairement cumuler les peines de centaines d'années.

Le 13 octobre 2017, un hashtag change le cours de l'histoire. Lancé dans le sillage de l'affaire Weinstein par la journaliste Sandra Muller, #BalanceTonPorc invite à la libération de la parole des femmes victimes d'agressions sexuelles et de harcèlements. Deux jours plus tard, le 15 octobre 2018, l'actrice Alyssa Milano reprend l'idée, et lance ces quelques mots sur Twitter : #MeToo. L'onde de choc est planétaire. Des millions de victimes se font connaître et racontent leurs histoires. Les femmes sont enfin entendues, et leur parole crainte.

Mais tout ça n'est rien comparé aux pas de géant effectués par les citoyennes d'Arabie Saoudite, l'un des pays les plus rétrogrades au monde avec le Yémen et le Pakistan. Les femmes vivent sous la tutelle permanente des hommes. Elles ne peuvent ni mettre le nez dehors sans en demander l'autorisation, ni voyager, ni se scolariser, ni même travailler. L'ironie ne dit pas si elles peuvent sortir les poubelles sans provoquer un délit majeur, mais de nouveaux horizons s'ouvrent doucement à elles. Non seulement elles ont le droit de respirer et de vivre, mais elles peuvent aussi depuis 2018 assister à un match de football et passer le permis de conduire. Des actes anodins pour des Occidentaux mais qui relèvent d'une véritable révolution dans le royaume. La faute au jeune prince, Mohammed ben Salmane qui, lorsqu'il n'est pas occupé à planifier l'assassinat de journalistes de l'opposition, se démène pour améliorer l'image que renvoie un pays où a longtemps été appliquée une vision rigoriste de l'islam. Une mollesse qui lui vaut l'ire des anciens mais aussi l'arrivée d'une nouvelle génération d'investisseurs rassurés de ne pas dépenser leur argent dans un paradis qui pourrait, de très loin, ressembler à une dictature.

La lutte des femmes continue, 2018

Illustration pour la rubrique Cinéma, 2017

Arabie Saoudite : les femmes peuvent conduire..., 2017

↑ Iran : déjà des changements ?, 2013

← Iran : un vent nouveau ?, 2005

Burkini : les vacances c'est fini... mais pas la polémique, 2017

L'Arabie Saoudite : du nouveau chaque jour !, 2019

Algérie : de pis en pis !, 1994

Des Femens sous surveillance, 2013

↗ C'était la Journée de la femme, 2015

→ Illustration pour la rubrique Cinéma, 1999

→ Belles plantes certifiées sans OGM, 2000

WOZNIAK

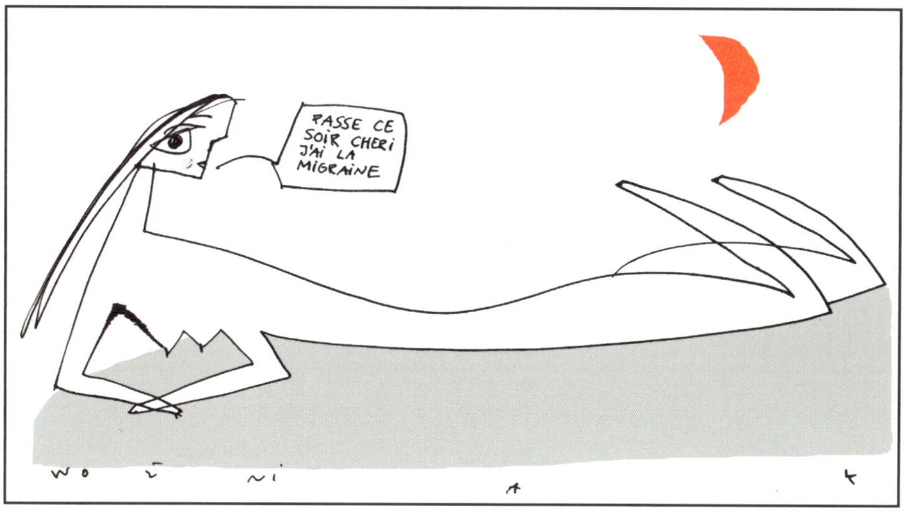
PASSE CE SOIR CHERI J'AI LA MIGRAINE
WOZNIAK

BELLES PLANTES CERTIFIEES SANS OGM
WOZNIAK

Illustration pour la rubrique Cinéma, 2008

Rachida Dati : un lapsus oral, 2011

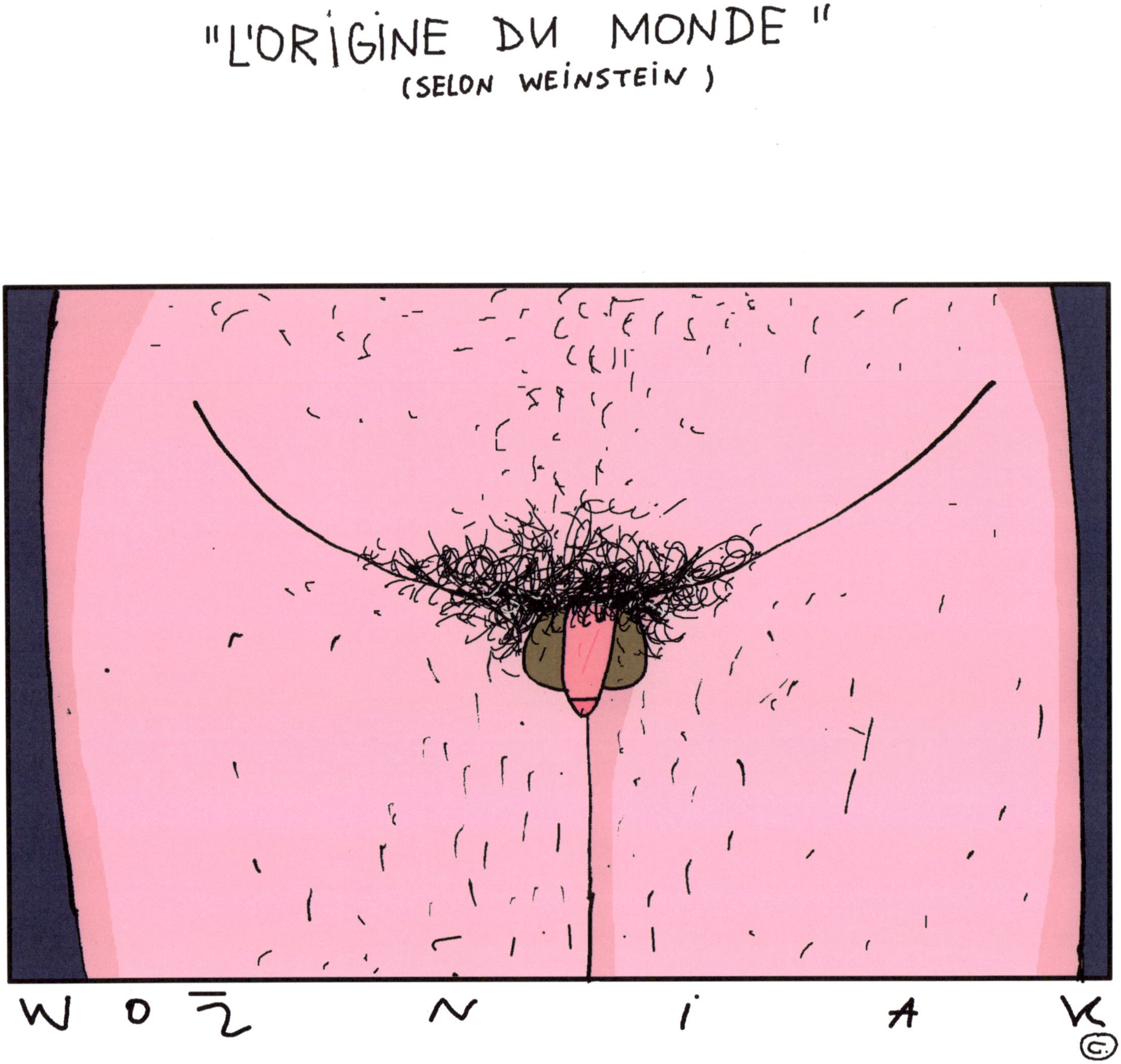

L'origine du monde (selon Weinstein), 2020

↑ Jour des femmmes : les hommes sont pour l'égalité des sexes..., 2005

↗ Illustration pour la rubrique Cinéma, 2018

→ Affaire Matzneff : il faut la replacer dans son contexte, selon Bernard Pivot, 2019

← Illustration pour la rubrique Cinéma, 2018

↓ Illustration pour la rubrique Cinéma, 2014

← Illustration pour la rubrique Cinéma, 2017

↓ Prostitution : les clients ne seront pas poursuivis..., 2003

POLICE! OUVREZ VOS COEURS!
CARTE DE POLICE

La France a toujours eu une relation passionnelle avec ses képis. Un concubinage impossible sur fond de reconnaissance, de haine, de manifs, de coups de matraque et de gaz lacrimo. Un je t'aime moi non plus qui forge les plus belles histoires. Mai 68 était violent, il est devenu sexy avec le temps. Douce période où l'on pouvait extérioriser ses ressentiments, s'embrasser ou jeter un pavé, se bousculer un peu et finir par aller boire un coup ensemble. Aujourd'hui, les « flics » sont devenus de simples uniformes déshumanisés dans un domaine où l'humain et l'empathie devraient être justement au centre de leur activité.

Au lendemain des attentats de *Charlie*, la police était pourtant considérée par les citoyens telle qu'elle devrait l'être, comme un groupe de personnes imparfaites certes, mais dévouées au maintien de l'ordre et des libertés. Elle était alors encensée, applaudie et embrassée. À eux aussi, tout était pardonné à ce moment-là. Oublié les affaires, les bavures, les abus de pouvoir et autres excès de zèle. En extrapolant et en plissant très fort des yeux, on aurait même cru revoir l'image de G.I's libérant les villages normands. Mais la ferveur est retombée rapidement, et les forces de l'ordre restent depuis sous tension permanente. Après l'assassinat des membres de la rédaction de *Charlie Hebdo*, les patrouilles ne peuvent baisser leur vigilance, puisqu'aux délits classiques du quotidien viennent s'ajouter d'autres attentats, d'autres menaces, des manifestations, et enfin les revendication des Gilets jaunes qui chaque week-end mobilisent la quasi-totalité des effectifs. Autant d'événements qui viennent justifier des milliers d'heures supplémentaires et balayer toute idée de repos. Rien ou pas grand-chose ne leur est épargné. Ce sont des hommes épuisés qui font face au danger. Ne pas réveiller un flic qui dort. Mais que faire s'il n'a pu fermer l'œil depuis longtemps ?…

Alors à qui la faute ? Au contexte géopolitique et économique sans doute, aux bavures forcément, puisqu'il y en a. La France n'y échappe pas et traîne derrière elle de belles casseroles judiciaires, de l'emblématique affaire Dreyfus, aux violences policières récurrentes, en passant par les innombrables ratés du dossier du « petit Grégory », symptomatique des failles du système judiciaire moderne. Trente ans de suspicion, de doute, de fausses pistes, d'amateurisme et de gros titres qui finiront par ébranler une confiance déjà toute relative des citoyens en leurs forces de l'ordre. Un môme bâillonné et noyé, un visage figé dans la mémoire collective, une loi du talion bien ancrée, pour finir avec le suicide d'un juge rongé par les remords de n'avoir mieux fait. Le mystère demeure entier, la seule certitude reste l'inefficacité criante de l'enquête.

Plus proche de nous, un autre dossier retentissant a mis en lumière le dysfonctionnement judiciaire français. Le 25 février 2000, quatre enfants d'Outreau, commune du Pas-de-Calais, sont placés en assistance éducative et confient à l'administration avoir été victimes de « comportements inappropriés ». Les parents sont entendus, ils avouent et en profitent pour accuser une dizaine de personnes. Un réseau pédophile est suspecté. La presse s'empare du sujet et l'affaire s'emballe. Les accusés sont jetés en pâture à une opinion publique traumatisée par le dossier Dutroux de la Belgique voisine. Six ans et deux procès ultra-médiatisés plus tard innocenteront treize des dix-huit accusés, la parole des enfants, trop contradictoire, est finalement mise en doute. La vaste entreprise de crime organisé est au bout du compte une tristement banale histoire de mœurs ne concernant que le cercle proche des victimes. Trop tard pour les enfants dont les services sociaux n'ont pas su déceler le mal-être, et trop tard pour les adultes innocents diabolisés en Une de la PQR. Le président Chirac présentera ses excuses et parlera d'Outreau comme « ce qui restera un désastre judiciaire sans précédent ».

Les impératifs de la vie politique non plus n'aident pas à apaiser les tensions et à restaurer la confiance entre une élite judiciaire et un peuple confronté à de plus en plus de violences. Le scénario, le même tous les cinq ans, est bien rodé. Dès que le calife prend la place du calife, la promesse de réformer la justice résonne sur le perron de l'Élysée. Un jeu d'équilibriste qui s'installe dès la campagne présidentielle et décrédibilise un secteur déjà dysfonctionnel. Tour à tour coupable de lenteur, de

Les Dossiers du Canard, 2016

népotisme, de complaisance, de connivence ou de laxisme. Et comme un pompier pyromane, Sarkozy, qui connaît le sujet sur le bout des doigts en sa qualité d'avocat, de premier flic de France, de président, de condamnable, de condamné, ou encore de relaxé, a su mieux que personne traiter du sujet qui passionne le plus les Français. Et dérégler par la même occasion une machine qui grinçait déjà. De son entrée à la place Beauvau en 2002 jusqu'au palais présidentiel en 2007, Sarkozy mise tout sur le vieux marronnier de l'extrême droite: l'insécurité. Toute la police de proximité que la gauche avait mise en place vole en éclats. La mission préventive et pédagogique auprès de la population est rompue. Le cordon est coupé avec la rue et les esprits s'échauffent rapidement. Plus de médiation, les Kärcher et les flingues sont de sortie. Sarkozy souffle sur les braises et fait de la tolérance zéro son credo. Le bouillonnant ministre de l'Intérieur d'alors impose la culture du chiffre et du résultat à une police déjà sur les dents et en manque de moyens. Les statistiques doivent parler, quitte à les faire mentir. On entre alors dans une période de répression à tout-va, terriblement efficace du point de vue médiatique. Dans les faits par contre, les résultats sont beaucoup plus mitigés. Le gouvernement se fonde sur le chiffre unique de la délinquance. Les policiers à qui l'on demande d'être rentables se concentrent sur les flagrants délits aussi mineurs soient-ils. Une manœuvre qui permet de cumuler interpellation et classement de l'enquête sur une même séquence, et de présenter ainsi un bilan flatteur, alors qu'en réalité les brutalités explosent. Cette contradiction, la rue la ressent, et la subit. À force de jouer aux équilibristes, on finit par tomber. Le malaise commence peut-être ici.

↑ La police trafiquant la qualification des infractions, 2014

← *Les Dossiers du Canard*, 2018

→ Faut-il mieux former la police ?, 2021

Violences policières : bientôt flèche-ball ?!!, 2019

→ 1er Mai : ça se fête !!, 2019

↘ Nouvelles consignes pour la police : avant de frapper réfléchissez-y à deux fois, 2019

↑ Les ophtalmologues de renom demandent un moratoire sur les LBD..., 2019

↘ Brutalité policière : rappel à l'ordre, 2019

La loi anticasseurs expliquée aux nuls, 2019

Illustration pour la rubrique Cinéma, 2019

Illustration d'un article, 2003

Illustration d'un article, 2004

L'affaire Grégory : ... et le corbeau a fini par lâcher le morceau..., 2017

Illustration d'un article, 1994

Les prisons : le malaise, 2019

JUSTICE D'AILLEURS

En France, la justice peine à être irréprochable. Mais qu'en est-il ailleurs? Si l'on met de côté le cas de pays qui ne montrent qu'un intérêt très relatif pour la Déclaration des droits de l'homme, comme la Russie qui se débarrasse de toute opposition aussi bien médiatiquement que physiquement, ou le régime chinois qui, au-delà des sempiternelles répressions et dans sa grande humanité, impose aux familles de régler les frais des munitions qui auront servi à l'exécution des leurs. C'est du côté des pays aux morales équivalentes aux nôtres qu'il faut chercher. Les États-Unis sont un cas fascinant puisque entièrement (sur) médiatisé, on peut suivre l'évolution de leurs mœurs et de leur justice en temps réel. Les Américains excellent dans l'art de se mettre en scène, même dans leur côté le plus sombre. Il faut savoir montrer la chute pour pouvoir glorifier le triomphe sur l'adversité. Et s'ils pendaient encore les Noirs aux arbres il y a peu, lors de procès aussi expéditifs et irrationnels que celui des sorcières de Salem trois cents ans plus tôt, les États-Unis continuent de surfer sur leur prétendue égalité des chances. Tout le monde peut réussir, mais les Noirs ont plus de chance de mourir.

Socialement et historiquement, les États-Unis sont depuis toujours divisés en leur sein, et les inégalités raciales ont toujours fait partie du décor. La chasse aux sorcières est peut-être passée de mode mais celle aux Noirs continue de suivre presque naturellement son cours.

En mars 1991, un vidéaste amateur filme le lynchage d'un Afro-Américain, Rodney King, par la police de Los Angeles lors d'un banal contrôle de routine. Les images font le tour des journaux télévisés de la planète et suscitent partout l'émoi et l'indignation. Les émeutes qui en résultent durent des semaines. Les policiers mis en cause sont malgré tout acquittés. Au même moment, O. J. Simpson, star afro-américaine de football, est jugé pour des meurtres qui ne laissent que peu de place aux doutes concernant sa culpabilité. La pression médiatique est telle que condamner le sportif, aussi coupable soit-il, aurait définitivement mis la ville à feu et à sang. Il repart libre.

Mais l'Amérique sait scénariser ses rédemptions, Après trente ans de bavures suscitant plus ou moins de réactions, elle bout de nouveau lorsque, le 25 mai 2020, elle découvre les images du meurtre d'un Noir, asphyxié par le genou du policier qui procédait à son interpellation. Huit minutes et quarante-six secondes d'agonie qui, une nouvelle fois, provoquent d'intenses soulèvements dans les rues du monde entier. La bavure de trop. En avril 2021, le policier en question est reconnu coupable de meurtre.

Procès Berlusconi : un témoin à la barre, 2011

← Après dix ans d'incarcération, il est gracié par Poutine, 2013

↓ Poutine fait toute la lumière sur l'assassinat de Boris Nemtsov, 2015

↑ Jamal Khashoggi : la CIA vise MBS (Mohammed ben Salmane), 2018

↗ Iran : la pose de la première pierre de la nouvelle centrale nucléaire, 2001

→ *Les Dossiers du Canard*, 2020

IRAN : LA POSE DE LA PREMIERE PIERRE DE LA NOUVELLE CENTRALE NUCLEAIRE

CHINE...

↑ USA : les bavures policières en série, 2015

← USA : un innocent passe 16 ans dans le couloir de la mort, 1999

→ USA : exécution capitale bientôt à la télé, 2001

↘ USA : exécutions en série, 2021

SANTÉ : LES DÉBATS FONT RAGE...

Aujourd'hui, la poétique et littéraire « mort naturelle » ne rime plus à rien.
Tomber raide doit avoir un sens. On ne peut plus adoucir la peine des proches en leur expliquant que le défunt a fermé les yeux ou qu'il s'en est allé paisiblement dans son sommeil. Dorénavant il faut des causes précises, des explications, il faut littéralement couper dans le vif du sujet, et autopsier. Les mystères ne peuvent plus demeurer mystérieux. La médecine moderne nous rappelle qu'elle est une science avant tout et qu'il n'y a

pas de place pour les sentiments dans ce domaine. L'impossibilité de pratiquer l'euthanasie en est un exemple frappant. Dans le pays des droits de l'homme, l'être humain n'a pas le droit de mourir selon ses souhaits. Le débat reste faussement ouvert depuis plusieurs années. À peine, une alternative encore bien trop tendre a vu le jour en 2005, la loi Léonetti qui tolère la sédation profonde jusqu'au décès des patients aux douleurs physiques trop importantes. Il faut des cas médiatiques pour secouer ce genre de lois comateuses du confort politique dans lequel elles reposent. Entre 2012 et 2018, Vincent Lambert est le visage de cette lutte pour le droit de mourir dignement. En 2008, il est victime d'un banal accident de la route qui le plonge dans un état végétatif irréversible. Un jeu de chaises musicales macabre s'installe dans la famille de Vincent pour savoir qui aura le dernier mot dans les procédures médicales à suivre. À chaque décision pénale suit un recours long et fastidieux du parti lésé. Vincent Lambert aura été victime autant d'un acharnement thérapeutique insensé que d'un acharnement judiciaire inhumain. Il meurt enfin en 2019, après avoir obtenu le droit de cesser les traitements et l'alimentation qui le maintenaient artificiellement en vie.

Et si notre système de santé national est unanimement reconnu comme le meilleur au monde, comme le plus égalitaire, il recèle tout de même plusieurs parts d'ombre. Le trou de la Sécu par exemple, résonne comme une sempiternelle ritournelle politique pour justifier les hausses d'impôts sans fin. La santé s'accommode mal de la pauvreté, même en France. Juteux business que celui du bien-être. Chaque année, l'État effectue des coupes budgétaires dans le milieu hospitalier et creuse un fossé qui, il y a peu, n'existait pas. Les fermetures d'hôpitaux succèdent à celles des maternités, et pour ceux qui restent ouverts, de moins en moins de lits disponibles et des séjours réduits au strict minimum. L'accueil y est aussi glacial que dans une prison en Sibérie, et le mode de fonctionnement y est semblable: tout se monnaye! Quelques euros en plus vous donnent le droit de souffrir en regardant la télé, vous pouvez acheter de la compagnie en réservant un lit supplémentaire à vos côtés, et vous offrir les délices d'une cantine hospitalière saluée par les plus fins gourmets… Ou comment se donner les moyens de faire moins et moins bien. Le cocktail médico-pécuniaire est explosif, et joue rarement en faveur des patients.

En 1991 éclate un incroyable scandale qui changera à jamais la relation de confiance entre les malades et les équipes soignantes, l'affaire du sang contaminé. Des années durant les autorités laissent circuler des lots de sang non chauffés et non testés en ayant conscience de leur potentielle dangerosité. Les procédures trop coûteuses sont sciemment occultées. Un seul mot d'ordre : il faut écouler les stocks et transfuser. Les hémophiles, grands consommateurs

Illustration d'un article, 2017

d'hémoglobine, seront les premiers touchés. En pensant se soigner, ils s'infectent, le tout sous le regard bienveillant des hautes instances de santé. Près de 2 000 personnes se retrouvent séropositives. Les impératifs financiers et politiques ont joué des rôles clefs dans cette tragédie.

L'argent encore, est au cœur d'un autre scandale retentissant, celui de l'ARC. En 1996, la Cour des comptes publie un chiffre: 27,2 %, c'est le pourcentage alloué par l'association de lutte contre le cancer à la recherche proprement dite, soit moitié moins que ce qui était alors déclaré par la plus grande structure de ce type en Europe. Face au tollé général, son président Jacques Crozemarie démissionne, il aurait détourné près de 300 millions d'euros. Yachts, villas, train de vie fastueux, le charlatan ne se refusait rien. Le milieu associatif portera longtemps les stigmates de cette escroquerie.

Et lorsque ce n'est pas l'homme, du moins directement, ce sont les bêtes qui s'y mettent! Les cas de virus transmis de l'animal à l'homme se multiplient à cause notamment de la déforestation massive. L'espace vital de l'un empiète sur celui de l'autre. Et cela se passe toujours bien dans ces cas-là, c'est bien connu. Si la maladie de Creutzfeldt-Jakob, dite de la vache folle, a disparu aussi rapidement que l'embargo sur la viande britannique a été mis en place (et qui dure encore aujourd'hui), d'autres comme les grippes aviaires et le coronavirus premier du nom ont fait surface ces vingt dernières années, en éclaireur d'un raz-de-marée épidémique qui aura lieu en 2020. À chaque fois, au-delà des drames, c'est le manque d'anticipation des gouvernements qui interpelle: hôpitaux supprimés, diminution des moyens du personnel soignant et de la qualité des soins. Les maladies ont de beaux jours devant elles...

La pénurie de médicaments : alerte aux hôpitaux, 2019

↑ Un essai clinique tourne au drame, 2016

↘ *Implant files* nouveau scandale médical, 2018

Illustration d'un article, 2020

Illustration d'un article, 2000

L'euthanasie : le vieux débat relancé, 1998

TRANSFUSION SANGUINE : LA REORGANISATION
WOŹNIAK

L'ARC : OU PASSE L'ARGENT POUR LA RECHERCHE ?..
WOŹNIAK

↑ SIDA : tous ensemble contre le virus, 1994

↖ Transfusion sanguine : la réorganisation, 1991

← L'ARC : où passe l'argent pour la recherche, 1994

GRIPPE AVIAIRE : ALERTE !
PAR PRECAUTION ARRETEZ DE VOUS COUCHER AVEC LES POULES
WOZNIAK

VACHE FOLLE : VERS LE DEPISTAGE CHEZ L'HOMME
AU SUIVANT
WOZNIAK

↖ Grippe aviaire : alerte !, 2004

← Vache folle : vers le dépistage chez l'homme, 2000

↑ Grippe aviaire : danger !, 2004

↑ Une épidémie menace-t-elle ?, 2013

EPHAD : les visites autorisées sous certaines conditions, 2020

COVID-19

On aurait aimé avoir été les spectateurs d'une nouvelle farce d'Orson Welles, ou d'un tournage de film post-apocalyptique, genre cinématographique encore si fantaisiste il y a peu. Il en aurait fallu de l'imagination pour prédire ce que l'année 2020 nous réservait! La Terre s'est arrêtée, les usines n'ont plus fumé, les rues se sont vidées, et les gens se sont cloîtrés. Sueurs froides au moindre voisin qui racle la gorge, regards suspicieux au moindre teint un peu trop pâle croisé… Une année de méfiance, de défiance et de distance.
Si, au tout début de l'épidémie, nous pensions avoir d'abord été touchés par une immense lame de paranoïa médiatique et d'hypocondrie, les décomptes morbides défilant sur les bandeaux des chaînes d'info ont bien vite su rétablir le tragique du moment. Pendant que les crématoriums marchaient déjà à plein régime en Asie, la grande priorité était de chasser le coupable. Un régal pour des complotistes qui ont aussitôt dressé la liste des suspects : un pangolin, des chauves-souris, d'infâmes laboratoires secrets qui auraient volontairement laissé s'échapper la bactérie, ou encore Bill Gates, qui a dû apprécier de se retrouver mêlé à ce tapissage digne d'un Disney survitaminé!
Tout comme le nuage radioactif de Tchernobyl un demi-siècle plus tôt, la propagation du germe ne connaît pas de frontières. Est donc venu le temps des jugements hautains sur le degré de préparation des États voisins ayant subi de plein fouet la première vague d'infections. L'Italie et l'Espagne n'avaient de toute façon pas la moindre chance avec leurs systèmes de santé archaïques ! Mais lorsque la France est à son tour frappée, la sentence reste inchangée : pas de contrôle sur un virus dont on ignore tout. Les *clusters* se multiplient, les lits d'hôpitaux, l'équipement et le personnel médical viennent à manquer très rapidement. Le pays est submergé et la liste des morts gonfle par centaines quotidiennement. Une panique mortifère gagne même les plus sceptiques et chacun reste sous cloche. Il faudra plus d'un an pour que le fol espoir d'un vaccin se concrétise, et, avec lui, le retour à un semblant de « vie normale ».
L'histoire seule jugera nos initiatives, nos temps de réaction et de compréhension, mais également les signaux que nous avons refusé de voir.

↗ Les hôpitaux luttent contre le manque de moyens..., 2020

↗ Prof. Raoult, 2020

↑ Nos héros sont fatigués, 2020

→ Le cours du pétrole s'effondre..., 2020

↗ Noël à six, 2020

→ Les grandes marques de la mode vont produire du gel pour les hôpitaux..., 2020

← Confinement : la planète respire mieux..., 2020

CULTURE CONFINÉE

Dans ce livre il y a aussi peu de place pour la culture, que les gouvernements successifs n'y accordent d'importance...

↑ Culturebox est arrivée (on est sauvé !), 2021

← Le livre reconnu comme produit essentiel, 2021

Le cinéma à la maison, 2020

Les migrants : le drame continue..., 2020

...ALORS??
WOŹNIAK

Depuis les débuts de Wozniak au *Canard*, en 1986, près d'une dizaine de milliers de ses dessins, sous toutes ses formes ont été publiés. Autant de choix difficiles pour n'en garder que 200... C'est dire le travail de titan qui attendait l'artiste. Ils n'ont pas été retenus en fonction de leur popularité ou du nombre de réactions suscitées, mais de façon à servir le mieux possible les thématiques évoquées.

Chaque semaine, Wozniak choisit sept ou huit sujets qui lui tiennent à cœur. Il ne crayonne pas et dessine directement sur la feuille, ce qui lui vaut de recommencer inlassablement la même illustration jusqu'au moment où il obtient enfin satisfaction. Il les propose ensuite à la rédaction qui en retient trois ou quatre pour illustrer les informations de la semaine. Les impubliés et les impubliables s'accumulent : un véritable trésor, qui verra peut-être le jour à l'occasion d'un nouvel ouvrage...

W O Z N I A K

SI TU PENSES QUE TU ES TROP PETIT POUR FAIRE UNE DIFFERENCE, TU N'AS PAS PASSE LA NUIT AVEC UN MOUSTIQUE.

PROVERBE AFRICAIN

MIXTE
Papier issu de
sources responsables
FSC® C007507

Achevé d'imprimer en septembre 2021 par Graphycems (Espagne).
Photogravure : Chromostyle.